作者簡介

琪歐‧麥可莉兒
KYO MACLEAR

麥可莉兒是屢獲獎項肯定的作家與小說家。此書是她第二本為兒童撰寫的書，靈感來自偉大的作家維吉尼亞‧吳爾芙和她姊姊——畫家凡妮莎‧貝爾之間的情誼。這本書是關於姊妹情，也呈現出麥可莉兒對園藝與藝術的熱愛。麥可莉兒出生於英國，目前與家人同住在加拿大多倫多。

繪者簡介

伊莎貝爾‧阿瑟諾
ISABELLE ARSENAULT

阿瑟諾是加拿大最有成就的童書插畫家之一。她的作品曾獲加拿大總督文學獎 (Governor General's Literary Awards)，《簡愛，狐狸與我》則榮獲《紐約時報》年度最佳插畫獎。當她的心情像小狼一般煩躁時，兩個可愛的兒子、她的妹妹伊蓮娜、美食、充滿陽光的日子、美麗的書本都能提振她的心情。而麥可莉兒的文字創作總是能像座祕密花園，帶給她源源不絕的靈感。

譯者簡介

黃筱茵

國立臺灣師範大學英語研究所文學組博士班肄業，曾獲師大英語系文學獎學金。曾任編輯，翻譯書籍約150冊左右。擔任過聯合報年度好書評審、信誼幼兒文學獎初選評審、文化部中小學優良讀物評審等。長期為報章書本撰寫圖畫書導讀與小說書評，主要見於《中國時報》開卷版、《國語日報》兒童文學版和OKAPI閱讀生活誌等。

cover design 三人制創 3urstudio.com.tw

Virginia
WOLF

小狼
不哭

琪歐·麥可莉兒 KYO MACLEAR ㊄
伊莎貝爾·阿瑟諾 ISABELLE ARSENAULT ㊐
黃筱茵 ㊌

有一天，我的妹妹維吉尼亞醒來時，
她覺得自己是一隻小狼。
她開始像狼一樣嚎叫，
做出莫名其妙的舉動……

當她看見我在畫她，
她大吼：

「凡妮莎……
別一畫一了！」

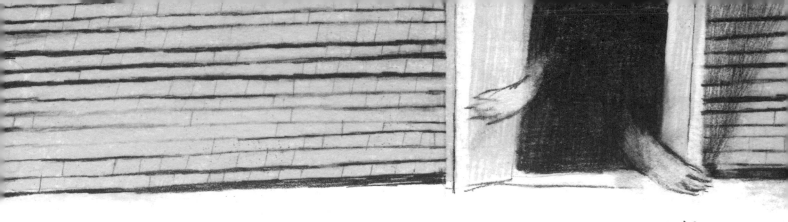

當她的朋友按了門鈴，她生氣的説：

「我。不。
在。家。」

她把大家都嚇跑了。

她說：「別穿那件

開心的黃色洋裝！」

（可是……那是我最愛的洋裝啊！）

「刷牙不要

那麼大聲！」

她甚至命令小鳥：

「別再嘰嘰喳喳

叫不停！」

- - - - - - - - - - - - - - - - - -

我妹妹真的是一隻很霸道的小狼。

當她生氣的時候，
整間屋子開始跟著她往下沉。
上面變成下面。
明亮轉為昏暗。
高興變成沮喪。

我想盡辦法要讓妹妹開心，
可是，什麼辦法都沒有用。
請她吃東西，她一口就全吞進肚子裡，根本沒有好好品嘗。
讓貓咪跟她玩，我拉小提琴給她聽，
邀她一起扮鬼臉來捉弄弟弟托比，都沒有用。

我妹妹把棉被拉得高高的蓋住自己，說：

「走開！別吵我！」

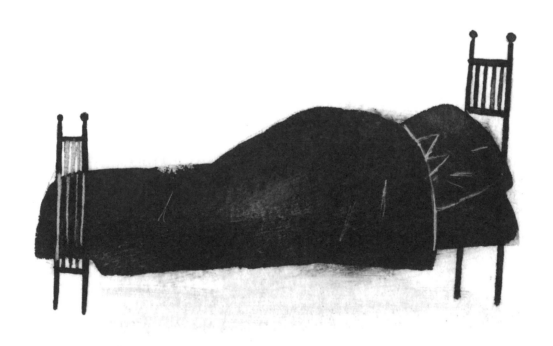

然後，她不願意
再跟任何人說話。

我爬到床上，躺在她身邊。
我們躲進棉被裡，像兩座安靜的小山丘。
然後把自己埋進枕頭堆。

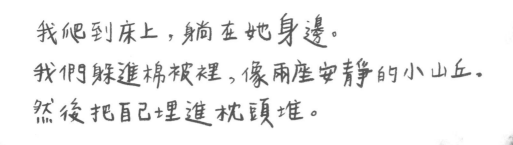

我們看著窗外的天空，
看著雲朵變化成不同的模樣：
有點模糊的帆船、飛翔的駱馬，
還有飄浮的城堡，
像是一個幻想的國度。

過了一會兒，我說：「一定有什麼方法可以讓所有事情變好！」
　　「拜託你了，維吉尼亞。」
　　「你說說話嘛！」

　　她終於回答我：
「

如果我現在能飛起來，
　我可能會感覺好一點。」

　　「那麼，你想飛到哪裡？」
　　我打開她的地圖，念了幾個地名。
　　「巴黎？東京？墨西哥市一」

「不是，不是，都不是！」
　　　　　　　　　她說。

「我想要飛去一個**完美的祕境**

那裡有糖霜蛋糕，美麗的花，還有
高大的樹木可以讓我爬上去，而且
祕境絕對不會讓我不開心。」

「祕境？」我問。
她想了一會兒說：「就是『莓花國』。」

「『莓花國』？我從來沒有聽說過這個地方，是靠近伯靈頓※嗎？」

她搖搖頭，嘆了一口氣。「靠近水牛城※？」我又問。

「都不是！」 她大喊了一聲，
馬上又鑽回棉被裡。

※ 伯靈頓（Burlington），加拿大安大略省南部的一座城市。
※ 水牛城（Buffalo），美國紐約州第二大城市。

我把她的地圖翻來翻去一直找，
根本找不到什麼「莓花國」。
我沒有跟妹妹說，
世界上根本沒有完美的祕境。
不過，我倒是有了一個主意。

我找到了畫畫用的顏料盒和一疊紙。
趁著妹妹睡午覺的時候，
我踮著腳，
輕輕的在房間裡走來走去。

我畫了一座花園。
花園裡有樹木、奇特的糖果花、
綠綠的嫩芽和糖霜蛋糕。
我畫了會在風中說「噓一」的葉子，
還有會「吱吱喳喳」的水果。
我創造出一個叫做「莓花國」的地方，
就和妹妹想像中的祕境一樣。

終於，妹妹醒了。

一開始，她只顧著朝月亮嚎叫，
根本沒注意到我做了什麼。

我畫了一座鞦韆、一把可以往上爬的梯子。

原本因為沮喪而往下掉的一切，

都能順著梯子往上爬。

妹妹終於注意到我在做什麼了。

就這樣，我把祕境帶進了屋裡。
我畫了花瓣，就像飄在半空中的彩色紙片。
妹妹也幫我一起畫。

她說，狼喜歡四處探索，
所以我們畫了一片原野，
有很大的空間可以讓狼
想跑到哪裡，
就到哪裡。

我們用色紙摺了松綠色的
小鳥和紫色的蝴蝶。
維吉尼亞編了一個故事：
一隻灰蝸牛，努力好久之後，爬過好長好長的一段路，
終於到達山頂。

整間房子開始跟著妹妹的心情升高。

下面變成上面。
昏暗轉為明亮。
沮喪變成高興。

我們畫完的時候，
已經過了午夜十二點。
其他人早已進入夢鄉。

第二天早上，妹妹醒來時說：

「這些花朵好鬆軟喔！」我點點頭。

她又說：「樹木看起來就是好吃的棒棒糖。」
　　　　我又點點頭。

「那些矮矮的樹看起來像一隻大象。」她笑著說。

　　「你不喜歡嗎？……」我難過的說。

　　「不，」她說，「這裡太完美了，我超愛的！」
　　終於，我也開心的笑了。

我妹妹看起來不再像隻愛嚎叫的小狼。
我問她感覺怎麼樣。
她有點害羞的說：「我覺得好多了．」
「你真的覺得比較好了嗎？」我問。

她露出微笑說：
「對呀，我現在很開心。」

然後，她拉著我的手說：
「走吧，我們到外面去玩。」

獻給我的姊妹們
南西，娜歐蜜，凱莉和伊莉莎
還有永遠那麼可愛的莓花國成員們
伊莎貝爾、塔拉以及凱倫・P
獻上愛與感謝 — K.M.

獻給我親愛又才華洋溢的朋友凡妮莎 A.
對我而言，你親如姊妹 — I.A

小狼不哭
Virginia Wolf

作　　　者　琪歐・麥可莉兒 Kyo Maclear
繪　　　者　伊莎貝爾・阿瑟諾 Isabelle Arsenault
譯　　　者　黃筱茵

字畝文化創意有限公司
社　　　長　馮季眉
編 輯 總 監　周惠玲
責 任 編 輯　洪絹
編　　　輯　戴鈺娟、陳曉慈、徐子茹、許雅筑
設計・手寫　洪千凡
編 輯 協 力　張簡至真

讀書共和國出版集團
社　　　長　郭重興
發行人兼出版總監　曾大福
業務平臺總經理　李雪麗
業務平臺副總經理　李復民
實體通路協理　林詩富
網路暨海外通路協理　張鑫峰
特販通路協理　陳綺瑩
印 務 經 理　黃禮賢
印 務 主 任　李孟儒

發　　　行　遠足文化事業股份有限公司
地　　　址　231 新北市新店區民權路108-2 號9 樓
電　　　話　(02) 2218-1417
傳　　　真　(02) 8667-1065
電子信箱　service@bookrep.com.tw
網　　　址　www.bookrep.com.tw
郵撥帳號　19504465 遠足文化事業股份有限公司
客服專線　0800-221-029

法律顧問　華洋法律事務所　蘇文生律師
印　　　製　中原造像股份有限公司

2017年05月04日　初版一刷
2021年05月　初版四刷
定價：350元　書號：XBTH0012
ISBN 978-986-94202-5-9

《小狼不哭》
書籍簡介＆導讀＆推薦